L'ÎLE DISRUPTIVE

SÉBASTIEN BÉNÉTEAU

L'ÎLE DISRUPTIVE

Édition : BoD - Books on Demand, info@bod.fr
Impression : BoD - Books on Demand, In de
Tarpen 42, Norderstedt (Allemagne)
Impression à la demande
ISBN : 978-2-3225-4180-5
Dépôt légal : Juillet 2024

"Un chef est un homme qui a besoin des autres."
Paul Valéry

— Mayday ! Mayday ! Ici le vol F10CEO en provenance de Paris et à destination de St Martin, est-ce que quelqu'un m'entend ? Nous traversons une tempête, un de nos moteurs a pris feu, nous perdons beaucoup d'altitude, impossible de savoir où nous sommes, la plupart de nos instruments ne répondent plus.

Le copilote se tourna vers le commandant de bord.

— Que fait-on ?

Le pilote avait du mal à maintenir le cap de l'appareil, les trous d'air étaient nombreux, les secousses de plus en plus violentes. L'avion ne devait plus être très loin de l'archipel Caraibéen, mais la pluie sur le pare-brise l'empêchait de distinguer l'horizon. Quelques flashs lumineux éclaircirent le ciel, il crut voir l'océan. Leur altitude était plus basse qu'il ne le pensait.

— On va devoir amerrir. Continue d'appeler de l'aide, si on s'en sort, il nous faudra du secours.

Le copilote hésita, puis renouvela ses appels de détresse dans la radio. Le commandant observait les épais nuages noirs, il aurait préféré piloter un appareil plus imposant que ce petit jet privé, malmené par le vent.

Il devait être de repos ce weekend, mais la compagnie lui avait demandé une faveur : conduire les dix gagnants d'un concours organisé sur Linkedin sur l'île de Saint-Martin pour un séjour offert par l'association Les Disrupteurs.

Un petit extra comme le pilote avait l'habitude de les accepter de temps à autre. Dix jours dans les Caraïbes aux frais de son employeur, c'était mieux que de rester seul à la maison. Il avait loué un voilier pour visiter Saint-Barthélémy, mais pour le moment, il faisait tout pour éviter de prendre la mer. La surface de l'océan se rapprochait, camouflée dans l'obscurité, prête à engloutir le petit appareil volant.

Le commandant plissait les yeux à la recherche du moindre indice de la présence de l'eau. Il n'osait pas détourner le regard, malgré les appels des instruments. Il espérait secrètement avoir mal évalué les distances et que les lumières d'une piste d'atterrissage apparaissent dans la nuit.

Hélas, après trente ans de carrière dans l'aviation, ses erreurs d'appréciation étaient rares. Il ne dit rien à son jeune copilote, mais le commandant savait qu'avec leur trajectoire et les avaries de l'avion, il leur serait impossible d'atteindre la terre ferme.

Le commandant n'avait jamais amerri, hormis sur des simulateurs, mais de toute façon, les chances de réussir cet exploit par ce temps étaient quasi nulles, même pour le meilleur des pilotes. Avec la houle, il était plus probable que l'avion heurte une vague et soit aussitôt englouti par les flots.

Il pensa à son collègue, tout juste diplômé de l'école d'aviation. Il avait déjà effectué quelques vols avec lui, c'était un jeune homme prometteur, même s'il se fiait un peu trop aux instruments. Il aurait eu une belle carrière, tout comme l'hôtesse qui les accompagnait. Une femme remarquable, capable d'assurer son service avec le sourire, quelles que soient les circonstances.

Il pensa enfin aux dix passagers qu'il avait brièvement salués lors de l'embarquement. Ils étaient en route pour des vacances de rêves et vivaient un vrai cauchemar.

Le pilote prit une inspiration et ouvrit le micro.

— Mesdames, messieurs, c'est votre commandant de bord qui vous parle.

Il marqua une pause par habitude, mais il se doutait bien qu'il avait déjà toute l'attention des passagers.

— Nous allons devoir amerrir dans quelques minutes. Un gilet de sauvetage se situe sous votre siège, l'hôtesse va vous expliquer comment le mettre. Je vous prie de bien vouloir garder vos ceintures attachées et d'adopter la position de sécurité. Dès que nous aurons touché l'eau, détachez-vous et suivez nos instructions.

Le commandant se tourna vers le copilote et ils se munirent de leurs gilets de sauvetage sans un mot. Quelques instants plus tard, ils distinguèrent enfin l'écume au sommet des vagues.

L'avion survola l'océan déchaîné le plus longtemps possible, jusqu'à ce qu'une vague caresse la coque.

Alors, après son passage, le commandant poussa le manche pour amerrir avant la prochaine lame d'eau.

2

— Là ! Une île !

Le petit canot de sauvetage dérivait sur l'eau, aux premières lueurs du jour. La tempête avait laissé place à un océan calme et un ciel sans nuages. Seul le clapotis des vagues sur le bateau pneumatique brisait le silence.

Neuf têtes se levèrent pour regarder dans la direction désignée. Une ombre se dessinait à l'horizon, prenant peu à peu la forme d'une montagne.

— Allez, il faut ramer !

Les rescapés plongèrent leurs mains dans l'eau pour faire avancer le canot avec une cadence effrénée, puis ralentirent.

— Bah alors ? Qu'est-ce que vous faites ? Ramez !

— Il ne rame pas lui, depuis le début, dit un des naufragés.

— Il faut bien que quelqu'un maintienne le cap ! répondit l'accusé.

— Sans gouvernail ?

— Je vous préviendrais si on ne va pas dans la bonne direction.

— Mais on la voit la direction à prendre, c'est juste en face !

— Ecoutez, dans tout bateau, il faut un capitaine qui…

— Ramez ou on vous jette à l'eau !

Les rescapés reprirent leur route sans s'arrêter, non sans les plaintes de certains. Après plus d'une heure d'efforts, ils atteignirent enfin la plage et se jetèrent sur le sable.

Ils s'accordèrent quelques minutes pour récupérer et se regroupèrent en cercle.

Seuls les dix passagers de l'avion avaient survécu. Les pilotes n'étaient jamais sortis de leur cockpit et l'hôtesse avait été emportée par les flots en ouvrant la porte de secours de l'appareil.

Les rescapés réalisèrent que leurs discussions s'étaient résumées à quelques civilités échangées pendant l'embarquement et toute la durée du vol. Ils ignoraient tout des uns des autres, sauf qu'ils étaient dix professionnels, entrepreneurs ou managers à responsabilités et qu'ils avaient gagné le tirage au sort d'un concours.

— Bon, il semblerait qu'il n'y ait plus que nous, on se fait un petit tour de table pour se présenter ?

— On ferait pas mieux de trouver à boire et à manger ?

— Non, il faut qu'on trouve un abri, si la tempête revient.

— Ça ne revient pas une tempête ! Y a pas un nuage dans le ciel.

— Bah il peut y en avoir une autre peut-être, il n'y avait pas de nuage non plus quand on a décollé de Paris !

— On dirait qu'on a tiré un sacré numéro avec vous dites donc !

— Parce que vous êtes météorologue peut-être ?

— S'il vous plaît ! Essayons de garder notre énergie pour quelque chose de plus productif, si vous le voulez bien.

— Et pourquoi c'est vous qui devriez commander ?

— Eh bien allez-y, proposez donc des idées si les miennes ne vous plaisent pas !

— Perso, je pense aussi qu'on devrait faire un meet up pour voir quels soft skill et hard skill on peut compiler afin de mieux dispatcher les workflows, dit une jeune femme.

Un court silence gagna l'assemblée. Il fut brisé par un petit homme.

— Moi j'aimais bien l'idée de se présenter, enfin je crois… ce serait peut-être bien… si vous êtes d'accord.

— C'est exactement ce que je viens de proposer ! répondit la jeune femme.

Tous les regards se tournèrent vers elle.

— Ok faisons ça, mais rapidement, le strict minimum.

— Pourquoi ? Vous avez plus intéressant à faire ?

— J'aimerais surtout ne pas crever de faim ou de soif !

— Vous avez pourtant l'air de pouvoir tenir un moment sans manger…

— Et si on pitchait ? On a tous l'habitude de le faire pour nos boîtes, on a qu'à faire pareil !

— Oui ! Comme ça on fait un fast mapping et on pourra manager nos sprints sur la timeline…

— Oui, oui voilà, l'interrompit un autre naufragé, comme vous dites allez, qui commence ?

Une grande blonde, la trentaine, s'avança tel un top model au centre du cercle, certaine que son charme dissuaderait les autres passagers, surtout les hommes, de lui voler la vedette.

— Je suis Marika, directrice d'une agence de publicité en ligne. Je propose aux annonceurs un large éventail de sites sur lesquels ils peuvent diffuser leurs pubs. Avec mon équipe on leur fournit des statistiques et on les aide au mieux à cibler leur audience pour maximiser leurs revenus.

— Ah ça m'intéresse, vous avez une carte ?

— Non, elles étaient dans ma valise, mais je peux vous donner mon email…

— Heu, ok on pitche, mais on va peut-être attendre d'être de retour sur le continent avant de faire des affaires, non ?

Une seconde femme guère plus petite, avec des lunettes rondes endommagées prit la place de Marika.

— Moi c'est Eugénie, je suis chef d'entreprise et je possède une agence de tourisme d'aventure. J'organise des séjours sportifs partout en France et...

Elle marqua une pause devant les regards surpris qui la dévisageaient. Eugénie n'avait pas l'allure d'une sportive, loin de là.

— Je n'accompagne pas mes clients, soupira-t-elle, je m'occupe des réservations de leurs activités et transports depuis mon bureau, par téléphone.

Deux jeunes hommes prirent la place d'Eugénie.

— Nous, c'est Valentin et Grégoire, on est associés et on a monté une entreprise dans le sport également, un parc de loisirs avec plein d'activités !

— Voilà donc on accueille tout le monde, les enfants surtout, mais pas que, dans une grande salle avec plein de jeux et on fait des anniversaires, des soirées d'entreprises…

— Très intéressant, au suivant.

Une autre jeune femme s'avança, Valentin et Grégoire regagnèrent leurs places, vexés.

— Moi c'est Chloé, je suis growth hacker et web factory manager, donc je définis la roadmap de tous les sprints run et build en Agile pour set up les sites de business schools.

Personne ne fit de commentaires, ni n'osa croiser le regard de Chloé.

— Heu… alors… Moi c'est Emile, je suis directeur financier dans un grand groupe et j'ai aussi monté une chaine de location de trottinettes électriques, voilà… C'est à peu près tout…

Le petit homme presque chauve recula lentement et reprit sa place dans le cercle sans un bruit. C'est une femme plus âgée que les autres, qui s'avança.

— Moi c'est Christine, je suis responsable commerciale dans une association qui organise le plus grand salon du cinéma documentaire au monde. On accueille des réalisateurs et des producteurs de toutes les grandes chaînes internationales et on anime des rencontres, mais aussi des projections pour le public, des échanges, des débats autour du rôle du cinéma documentaire dans notre société et c'est fascinant de voir à quel point les spectateurs sont attachés au documentaire. Ils ont soif de découvrir des sujets à travers l'objectif d'un réalisateur. Malgré le monopole d'Internet sur l'information, le public éprouve toujours un désir de mise en scène. Les gens veulent qu'on leur raconte une histoire, ils veulent vivre des expériences et…

— Bon vous n'allez pas nous le faire en direct votre documentaire !

— Alors vous, vous êtes vraiment un grossier personnage, présentez-vous donc si vous êtes si intéressant que ça !

Un homme rondouillet, la cinquantaine, en pull rose et aux petites lunettes rouges s'avança.

— Bien, donc moi c'est Augustin, je suis le capitaine d'une entreprise que j'ai créée, il y a pas mal d'années maintenant et je commercialise des instruments révolutionnaires pour le corps médical. Voilà c'est quand même pas compliqué d'être concis.

Christine ne répondit pas, elle croisa les bras, attendant le prochain passager. Un jeune homme d'à peine trente ans s'avança, un chapelet dans la main.

— Moi c'est Thibaut, je suis chef d'entreprise d'un laboratoire de cosmétiques. Grâce à Dieu, de plus en plus de personnes les achètent pour se sentir mieux dans leurs corps et mon activité explose.

Thibaut joignit les mains en regardant le ciel. Un grand homme quinquagénaire prit sa place.

— Bon, je suis Sylvain et mon dieu à moi c'est l'intelligence artificielle. Je suis dirigeant d'une agence de développement spécialisée dans l'IA. On s'est tous présentés alors on peut y aller maintenant ? De quoi avons-nous besoin en priorité ? D'eau et de nourriture, non ?

— Le canot pourrait nous être utile pour… commença Valentin en se retournant vers l'océan, putain le canot !

Personne n'avait pensé à amarrer l'embarcation pneumatique et elle dérivait vers le large. Le petit bateau était désormais trop loin pour être récupéré à la nage.

— Bordel, c'est compliqué d'attacher un canot ? Pourquoi personne ne l'a fait ? hurla Augustin.

— Vous n'aviez qu'à le faire puisque vous êtes si malin ! cria à son tour Christine

— Je ne crois pas que ce soit très utile de se disputer… enfin, je pense qu'on pourrait peut-être s'organiser et… être plus productifs.

À la grande surprise d'Emile, le groupe approuva.

— On devrait aussi explorer l'île, dit Valentin, pour trouver un abri et connaître notre environnement.

Le groupe acquiesça.

— Vous pensez qu'il y a des bêtes sauvages ? demanda Christine.

Le groupe semblait maintenant un peu moins enthousiaste à l'idée d'explorer l'île.

— On a qu'à se set up selon la méthode Agile, dit Chloé.

— On dit la méthode de Gilles, la coupa Augustin sans provoquer le moindre rire parmi les naufragés.

— On définit des project units pour chaque target avec un ensemble de tasks to complete ASAP, poursuivit Chloé.

Silence dans l'assemblée.

— Et si on faisait des équipes ? demanda Marika, Chloé leva les yeux au ciel, une pour trouver de l'eau, une pour la nourriture et une pour explorer l'île ? poursuivit-elle.

Les naufragés approuvèrent et trois groupes furent rapidement constitués. Valentin, Grégoire et Christine partirent chercher de la nourriture en remontant la plage vers le nord. Emile, Marika, Sylvain et Chloé se dirigèrent vers la forêt pour trouver une source d'eau et construire un abri à proximité. Eugénie, Thibaut et Augustin prirent la direction du sud pour explorer l'île.

3

— On devrait essayer d'aller cueillir des fruits dans la forêt, ce serait plus simple, dit Christine.

Valentin et Grégoire se regardèrent.

— Pourquoi ce serait plus facile ? On ne sait même pas si des arbres fruitiers poussent ici, dit Grégoire.

— Alors que des poissons, on sait qu'il y en a, ajouta Valentin.

— Et vous ferez comment s'il faut monter en haut d'un arbre de plusieurs mètres ? poursuivit Grégoire.

— Et vous, vous comptez pêcher avec vos mains ? répondit Christine.

Valentin ramassa une branche en lisière de forêt et la brisa en deux.

— Voilà avec quoi on va pêcher, vous ramenez les poissons vers moi et je les embroche.

Grégoire et Christine retroussèrent leurs pantalons pour suivre Valentin dans l'eau. Le pêcheur se cacha entre deux rochers et s'immobilisa pour attendre ses proies.

Les rabatteurs se placèrent à quelques mètres, face à lui et commencèrent à chasser les poissons vers les rochers, mais ils leur filaient sans cesse entre les jambes.

— Non mais Christine vous ne faites rien là ! cria Grégoire.

— Ho ça va hein, vous ne faites pas mieux vous non plus ! répondit-elle.

— Pourquoi allez-vous si loin ? Rapprochez-vous de moi, ils passent tous entre nous !

Christine rejoignit Grégoire en râlant.

— Ça ne sert à rien de cibler les petits, dit-elle, concentrons-nous sur un gros.

Ils repérèrent un poisson plus imposant que les autres et parvinrent à le rabattre vers les rochers. La proie se dirigea droit vers la cachette de Valentin, toujours immobile, accroupi derrière la roche. Le poisson s'approcha encore, sans percevoir le pic de bois au-dessus de sa tête, prêt à fondre sur lui. L'animal était juste devant Valentin, il s'arrêta, puis passa entre les jambes du pêcheur.

Le poisson contourna le rocher et retourna s'enfoncer dans la mer.

— Putain Valentin, mais qu'est-ce que tu fous ? hurla Grégoire.

— Ah bravo, ça fait vingt minutes qu'on s'emmerde à faire venir ce poisson vers vous, renchérit Christine.

Valentin ne répondit pas, il restait caché derrière les rochers. Grégoire s'approcha.

— Valentin, tu dors ou quoi ?

Il lui toucha l'épaule et Valentin s'effondra dans l'eau. Un poisson s'échappa du sable, sous le pied du pêcheur et s'enfuit. Grégoire cria, Christine vint aussitôt le rejoindre. Ensemble ils sortirent Valentin de l'eau et allongèrent son corps inerte sur le sable.

— Valentin tu m'entends ? Réveille-toi ! Valentin !

— Il est mort Grégoire, dit Christine.

— Non, c'est pas possible ! Comment ? Valentin s'il te plait réveille-toi !

Christine observa les jambes de Valentin. Elle découvrit une trace de piqûre sur la plante du pied droit du jeune homme.

— Il a dû être piqué par un poisson-chat, dit Christine.

— Quoi ? Un poisson-chat ? Vous vous foutez de moi ?

— Non, j'ai vu un documentaire sur les poissons-chats des mers tropicales, certains sont très venimeux et peuvent provoquer des crises cardiaques. Valentin n'a pas eu de chance de marcher dessus.

Christine laissa Grégoire pleurer quelques minutes sur le corps de son associé, puis se dirigea vers la forêt.

— Bon, moi je vais cueillir des fruits, dit-elle, parce qu'on a toujours rien à manger et qu'on est quand même nombreux même si… bref, je vous laisse.

— Non, ne me laissez pas, s'il vous plaît !

— Dans ce cas, venez m'aider.

— Mais je ne peux pas laisser Valentin ici !

— On s'en occupera plus tard. Ne vous en faites pas pour lui, il n'ira pas loin.

Grégoire adressa un regard noir à Christine, avant de se résoudre à la rejoindre.

4

L'équipe chargée de trouver de l'eau s'enfonçait peu à peu dans la forêt, Sylvain en tête. Il était le seul naufragé qui avait encore un téléphone en état de marche. Il ne captait aucun réseau, mais pouvait toujours utiliser l'intelligence artificielle. Il avait téléchargé une partie de la base de données sur son mobile, pour la consulter hors connexion.

— L'IA dit que nous devons repérer des zones humides pour trouver de l'eau, dit-il, téléphone à la main.

— C'est une précieuse information, j'espère qu'elle ne vous a pas coûté trop cher cette IA, lui répondit Marika.

Sylvain se retourna vers la jeune femme, mais se retint de lui répondre. Ils continuèrent à marcher péniblement pendant une heure dans la végétation dense avant d'arriver dans un marécage.

— Ah super votre IA, on va être bien ici, à boire cette bonne eau, dit Marika.

— Oui bon, on ne peut pas tout trouver du premier coup, c'est le prompt qui n'est pas complet, j'aurais dû lui préciser de l'eau potable, attendez je vais rectifier, dit Sylvain.

— Bon moi je suis over, j'ai besoin d'un break pour me reload, dit Chloé.

Elle fit quelques pas en direction d'une souche, ses trois compères comprirent qu'elle avait besoin de faire une pause lorsqu'elle s'assit.

— Et si… enfin je sais pas, mais peut-être que… je veux dire, on pourrait…

Sylvain et Marika fixèrent Emile, attendant qu'il finisse sa phrase.

— Non, en fait rien, je ne sais plus, dit-il.

Emile voulut rejoindre Chloé, mais s'arrêta net.

— Heu, Chloé, je… comment dire, enfin… vos pieds ?

Elle baissa la tête et se leva d'un bond sans pour autant réussir à se déplacer. Ses pieds s'enfonçaient rapidement dans le sol.

— What the fuck ? cria-t-elle.

Marika et Sylvain rejoignirent Emile, tout en restant légèrement derrière lui.

— Je crois que ce sont… enfin j'en suis pas sûr… mais on dirait bien des…

— Des sables mouvants ! cria Marika.

— Oui, c'est ce que je voulais dire, enfin… répondit Émile.

— Ok, bougez pas, je demande à l'IA ce qu'il faut faire, dit Sylvain en pianotant sur son téléphone.

Chloé essayait de rester calme et immobile.

— Ok, alors elle me dit que *les sables mouvants peuvent aussi être appelés lises, ce sont des zones de sol qui ne peuvent pas supporter une certaine pression. Ils apparaissent sous certaines configurations comme un phénomène naturel.*

— Qu'est-ce qu'on s'en fout ? dit Marika.

— Non, mais attendez l'IA commence toujours par une définition, il faut attendre qu'elle ait fini d'écrire, répondit Sylvain. Ah voilà, *le sable mouvant est constitué de sable, d'argile et d'eau. Il apparaît le plus souvent dans les zones humides comme en bord de plage, de marais ou de cours d'eau. C'est un milieu très instable qui peut se liquéfier en quelques secondes.*

— Mais putain on a pas le temps pour un cours ! cria Marika.

Chloé s'était déjà enfoncée dans le sol jusqu'à la taille.

— Hé écoutez-moi, c'est pas le moment de brainsto, il faut des quick wins donc je vais prendre le lead, dit-elle calmement, vous devez benchez un moyen de me scraper en faisant une blockchain.

Emile, Sylvain et Marika se regardèrent.

— Je… je suis pas sûr d'avoir bien compris, enfin… pas tout… je crois… dit Emile

— Ah, l'IA me dit que *le corps se retrouve bloqué dans un sable agissant comme de la mélasse. Le Mont Saint Michel ou les déserts d'Iran figurent parmi les localisations les plus réputées pour ce type de sables mouvants,* tiens donc je ne savais pas qu'il y en avait au Mont Saint Michel, c'est fou, dit Sylvain.

Marika leva les yeux au ciel.

— Bon Chloé, vous pouvez répéter ?

— Il faut que vous vous mettiez en one-to-one pour me foward un tool que je catch, dit Chloé.

— Vous avez compris quelque chose ? dit Marika en s'adressant aux deux hommes du groupe.

Emile fit non de la tête, Sylvain lisait toujours son téléphone.

— Alors *il existe aussi des sables mouvants secs formés de grains de sable fins et clairs. Ils contiennent 40% de sable et 60% d'air, c'est l'air qui fragilise la structure des grains de sable. Ah, on les trouve surtout dans les régions arides comme les déserts d'Iran. Et c'est l'absence de poussée d'Archimède qui rend ces sables mouvants très dangereux.*

— On s'en fout ! Chloé, dites-nous ce que vous voulez qu'on fasse !

La jeune femme s'était déjà enfoncée jusqu'aux épaules, elle avait de plus en plus de mal à garder son calme.

— Ok, on peut pas rester pending alors focus, vous devez me drop n'importe quoi pour me descope.

— Putain, Chloé, on ne comprend rien à ce que vous dîtes ! cria Marika.

Emile acquiesça.

— *Les sables mouvants sont organisés en un réseau complexe tridimensionnel constitué de plaquettes et lorsqu'une force est appliquée dessus, les plaquettes se brisent. L'eau se dissocie de l'argile, le sable retombe au fond de l'eau, ça forme une sorte de ciment qui empêche la personne de s'en échapper.*

Sylvain leva enfin le nez de son téléphone, il ne vit qu'un doigt d'honneur disparaitre sous terre.

5

— Alors ? On va vous attendre toute la journée ou vous décidez à bouger votre… à vous bouger un peu ? cria Augustin en direction d'Eugénie.

L'imposante femme marchait avec difficulté dans la pente de la montagne. Les explorateurs avaient repéré un plateau, à quelques dizaines de mètres de hauteur, qui leur offrirait une meilleure vue. Avec de la chance, ils parviendraient à repérer un bateau ou d'autres îles, mais pour atteindre cet objectif, il fallait grimper avant la tombée de la nuit.

Eugénie jurait en marchant. Elle n'avait pas fumé de cigarettes depuis plus de vingt-quatre heures, un exploit pour celle qui, d'ordinaire, consommait plus d'un paquet par jour, enfumant son bureau et la moitié de l'open space de son agence.

— Vous pensez vraiment que ça sert à quelque chose d'aller si haut ? dit-elle en marquant une pause entre chaque mot, la végétation est trop dense, vous ne verrez rien à travers le feuillage et de l'autre côté il n'y a que de l'eau.

— Qu'est-ce que vous espériez ? Un chemin et un gîte ? Allez bougez-vous un peu si vous ne voulez pas qu'on vous laisse ici, dit Augustin.

— Dieu est le chemin Eugénie, ayez foi, il nous enverra un signe une fois là-haut, dit Thibaut.

Augustin se tourna vers lui et haussa les épaules.

— Oui bon, si vous voulez tant qu'on avance. J'espère que c'est pas Dieu qui gère votre entreprise, dit-il.

— Je ne prends jamais de décision sans le consulter, répondit Thibaut en caressant son chapelet.

— D'un autre côté, il ne doit pas être un actionnaire qui vous met trop de pression.

Thibaut s'arrêta.

— Respectez Dieu, c'est notre guide à tous.

— Et bien qu'il envoie un bateau nous sauver et il pourra investir dans ma boîte.

Le jeune entrepreneur ne répondit pas, il accéléra la cadence pour faire taire Augustin. Les flancs de la montagne devenaient de plus en plus arides et rocailleux. Thibaut ramassa une pierre noire.

— Vous voyez cette roche, on est sur un volcan, le cratère doit être au sommet, dit-il.

— Et vous pensez qu'il est actif ? demanda Augustin.

— Aucune idée, peut-être que si on atteint le plateau on pourra le savoir.

Eugénie arriva enfin à leur hauteur, essoufflée. Augustin lui donna une grande tape sur l'épaule en souriant.

— Allez on repart !

La chef d'entreprise n'avait pas la force de répondre. Elle avançait péniblement un pied, puis l'autre en soufflant bruyamment. Elle ne réfléchissait plus, se contentant de suivre les deux hommes déjà repartis.

Eugénie les maudissait dans sa barbe. C'était une éternelle frustrée, constamment sur les nerfs, peu importe ce qu'elle faisait, il y avait toujours quelque chose qui n'allait pas.

Elle avait tout donné à son entreprise, son temps libre, sa santé et même sa sœur. Les deux femmes vivaient ensemble, en compagnie de leurs chats et passaient leurs journées à travailler sans relâche.

Au fond d'elle, Eugénie jalousait ses salariés. Ils avaient des conjoints, sortaient, voyageaient, vivaient tout simplement. S'ils étaient moins égoïstes, s'ils s'investissaient davantage au boulot, elle pourrait elle aussi se consacrer du temps, mais ils refusaient de travailler davantage. Ses employés passaient leur temps à glander et à réclamer de meilleurs salaires.

Alors, Eugénie ne ratait jamais une occasion de les rabaisser sous couvert d'un humour piquant et ne leur proposait guère plus que la rémunération minimale. C'était grâce à elle s'ils avaient un emploi, ils devaient donc être reconnaissants et mériter leurs augmentations. De toute façon, que feraient-ils de cet argent à part le dilapider dans des sorties , des voyages ou des objets sans intérêt ?

Eugénie devait faire une pause, elle s'approcha d'un rocher au bord du chemin pour s'asseoir quelques minutes. Ses équipiers étaient déjà hors de sa vue.

Thibaut et Augustin arrivèrent enfin au plateau. Un large espace rocailleux qui dominait l'île. Au-dessus d'eux, le cratère du volcan était visible, bien que situé encore à plusieurs dizaines de mètres de haut.

À l'ouest, le flanc de la montagne leur cachait la vue, à l'est, l'océan infini. Ils avaient beau plisser les yeux et scruter l'horizon, rien ne laissait deviner une autre île à proximité, ni la forme d'un bateau sur l'eau.

— Il faudrait qu'on puisse envoyer un signal, visible de loin, pour que des navires puissent nous repérer, dit Augustin.

— On pourrait construire une grande croix, proposa Thibaut.

— Vous feriez cap sur une île avec une croix ? Les gens vont croire que c'est un cimetière !

— Mais nous devons montrer à Dieu que nous sommes égarés pour qu'il nous envoie de l'aide et…

— Oh mais arrêtez et réfléchissez un peu pour une fois !

Vexé, Thibaut se détourna d'Augustin et marcha vers l'autre extrémité du plateau, en direction de l'intérieur de l'île.

— En tout cas, Eugénie avait raison, dit Thibaut, on ne voit absolument rien avec le feuillage des arbres. Pas le moindre cours d'eau, ni plaine. Il y a de gros rochers à l'autre bout de l'île, peut-être qu'on y trouvera une grotte où s'abriter.

Augustin regarda en contrebas.

— Elle est où d'ailleurs la grosse ? dit-il.

Thibaut s'approcha.

— Eugénie ? Vous êtes là ?

Pas de réponse.

— Il faut aller la chercher, dit Thibaut.

— Mais on vient juste d'arriver ! On la récupérera au retour.

Thibaut hésita, puis entreprit de redescendre.

— Vous ne pouvez pas déléguer son sauvetage à Dieu ? râla Augustin avant de le suivre.

Ils arrivèrent à l'endroit où ils l'avaient vu pour la dernière fois.

— Eugénie ? Où êtes-vous ? Eugénie ?

Au bout de quelques minutes, Thibaut trouva une chaussure de leur équipière. Il la ramassa et chercha la jeune femme aux alentours.

— Alors ? Vous l'avez trouvée ? demanda Augustin.

— Je crois que oui, dit Thibaut sans bouger.

Augustin le rejoignit au bord d'un ravin et vit, à une trentaine de mètres en contrebas, le corps gisant d'Eugénie au milieu des rochers.

— Bon, une personne de moins à sauver, dit Augustin en se retournant.

— Vous êtes vraiment horrible ! Il faut qu'on descende pour l'enterrer, dit Thibaut.

— Ah non, hors de question que je risque ma peau à dévaler ce ravin. Si vous voulez l'enterrer démerdez-vous, moi je rentre rejoindre les autres avant que la nuit tombe.

Thibaut hésitait.

— C'est comme ça, c'est la nature, ne vous inquiétez pas, Dieu la retrouvera, on ne peut pas la louper de toute façon, même depuis le ciel, ajouta Augustin.

Thibaut caressa son chapelet et suivit son compagnon de marche.

— Oui, c'est la volonté de Dieu et en même temps, je ne la connais pas.

6

Les trois équipes se rejoignirent sur la plage où elles s'étaient formées.

— Alors ? Vous avez trouvé de l'eau ? demanda Christine.

— Et à manger ? J'ai très faim, ajouta Augustin.

— Non, on s'est retrouvé dans un marécage, on a dû rebrousser chemin pour ne pas s'égarer, répondit Marika, assise dans le sable, en regardant méchamment Sylvain. En plus, on a perdu Chloé dans des sables mouvants.

— Chloé est morte ? demanda Thibaut.

— C'était qui Chloé déjà ? dit Grégoire.

— C'était pas celle qui parlait une langue incompréhensible ? suggéra Augustin.

— Ah oui Chloé, dit Grégoire. Nous avons… nous aussi…

— Vous avez trouvé à manger ? l'interrompit Sylvain.

Grégoire réprima un sanglot, Christine répondit à sa place.

— Oui, on a à manger, mais on a perdu Valentin, il s'est fait piquer par un poisson-chat.

Marika ne put retenir un rictus, imitée par Sylvain et Augustin.

— Non mais un poisson-chat venimeux, poursuivit Christine, il en est mort.

— Ok et du coup vous l'avez mis où le repas ? demanda Augustin.

Christine désigna un petit amas de baies disposées sur une feuille de bananier.

— Attendez c'est tout ? On va se partager ça ? demanda Thibaut.

— Oui bah c'est pas facile de trouver des fruits, se justifia Christine

— Ni de les cueillir, renchérit Grégoire.

— Mais… c'est une feuille de bananier ça… enfin, je crois… vous n'avez pas trouvé de… bananes ? demanda Emile.

— Si, mais elles étaient beaucoup trop hautes pour qu'on puisse les attraper, répondit sèchement Christine.

— On a essayé de lancer des pierres pour les décrocher, mais on a juste réussi à avoir une feuille, ajouta Grégoire.

Le groupe dévora le maigre repas, puis se tourna vers les deux explorateurs.

— Et vous, vous avez trouvé quelque chose ? demanda Sylvain.

— Vous… enfin… vous êtes deux mais… vous n'étiez pas… dit Emile.

— Eugénie est tombée dans un ravin, dit doucement Thibaut en caressant son chapelet.

Un silence s'installa parmi les naufragés, trois des leurs avaient disparu dès le premier jour sur l'île.

— Bon et du coup, vous avez trouvé un abri oui ou non ? s'impatienta Grégoire qui voulait absolument quitter la plage.

— Pas tout à fait, dit Thibaut, mais il y a de gros rochers au bout de l'île, on pourrait peut-être y trouver refuge.

— Ok, on n'a pas mieux alors autant y aller pour passer la nuit, dit Marika en se levant.

Les naufragés prirent le chemin du nord en longeant la plage. Grégoire souhaitait récupérer le corps de Valentin pour l'enterrer, mais les crabes s'étaient déjà occupés de lui. Il pleura son associé jusqu'à ce que la nuit tombe.

— Sylvain, vous ne pouvez pas allumer la torche de votre téléphone, on n'y voit rien demanda Christine.

— Hors de question, je n'ai plus beaucoup de batterie, je dois pouvoir me servir de l'intelligence artificielle, répondit-il.

— Oui, comme ça si le volcan entre en éruption elle nous expliquera comment le magma se forme ! lâcha Marika.

— C'est ça, moquez-vous, mais vous verrez, vous me remercierez bientôt. L'IA c'est l'avenir, ceux qui ne s'y mettent pas sont foutus. Et moi, je suis le premier à l'avoir développé dans mon agence, dit Sylvain.

— Et ça fonctionne vraiment ? demanda Thibaut.

— Absolument, l'IA est bien plus performante que les humains, elle bosse plus vite, elle ne râle jamais et elle coûte bien moins cher !

À ces mots, toutes les têtes se levèrent, même celle de Marika.

— Du coup, vos salariés ils… enfin… est ce qu'ils sont… contents ? demanda Emile.

— Au début non, mais les réfractaires sont partis. Le progrès, on l'accepte ou on le subit.

— Vous avez eu beaucoup de démissions chez vos salariés ? demanda Grégoire.

— Tous mes techniciens, mais on s'est rendu compte qu'on n'avait pas besoin d'eux. Nos clients veulent surtout de l'accompagnement, donc j'ai gardé mes commerciaux et tout le reste c'est l'IA qui s'en occupe, dit Sylvain.

Le groupe de survivants arriva près des rochers aperçus par Thibaut entre le rivage et la lisière de la forêt. Sylvain accepta d'allumer quelques secondes la torche de son téléphone pour éclairer ce qui ressemblait à une cavité. Une grotte était creusée dans la roche et pouvait facilement abriter tous les naufragés.

— Allons chercher des feuilles pour faire des lits et du bois pour le feu ! s'enthousiasma Grégoire qui retrouvait le sourire.

Tous se précipitèrent en lisière de forêt prendre de quoi améliorer leur confort, sauf Augustin qui resta près des rochers.

— Qu'est-ce que vous faites ? demanda Christine.

— Moi, rien du tout, j'inspecte le rocher, pour voir s'il est solide, répondit-il.

Christine s'approcha.

— Vous avez trouvé des moules ! s'écria-t-elle.

— Chut ! Je ne sais pas combien il y en a. Elles sont chiantes à décrocher, mais délicieuses.

— On a trouvé des moules ! cria Christine au reste des naufragés.

Elle sourit à Augustin, satisfaite par sa déception. Les naufragés firent le chemin inverse pour se jeter sur les parois des rochers. Ils se poussèrent les uns les autres pour s'accaparer un lot de moules chacun, bien qu'il y eût assez de coquillages pour tous.

Ils apprécièrent en silence ce maigre repas, qui calma un peu leur faim, en attendant de trouver un plat plus consistant. Avec le bois récupéré, les naufragés entreprirent de faire un feu.

— Alors, *il existe deux catégories de système d'allumage, soit par friction de deux éléments en bois, soit par percussion de deux roches dures pour faire des étincelles*, lisait Sylvain à voix haute.

— Ok, laquelle est la plus efficace et comment fait-on exactement ? demanda Marika.

— Attendez, je lis, *le feu est une combustion, c'est une réaction chimique d'oxydation dégageant de la chaleur…* Oui bon ça on s'en fout… ah ! *Le feu nécessite trois facteurs, un combustible, un comburant et un apport d'énergie.*

— Bon, on peut avoir une information qui nous aide, là maintenant ? s'impatienta Grégoire, tandis que Marika soupirait.

— Oui, oui, ça vient, attendez, *le combustible est généralement à base de carbone, comme le bois*, ça c'est bon. *Le comburant est souvent l'oxygène*, ça aussi c'est bon. *L'énergie doit être apportée d'une source tierce au début de la réaction. Puisqu'elle est exothermique, elle peut s'autoalimenter en énergie si elle est suffisamment intense.*

— Et donc ? On le frotte comment le bois ? demanda Thibaut.

— Attendez, l'IA écrit encore, ça va devenir intéressant bientôt.

— Vous n'y arriverez pas en frottant le bois, il faut un petit arc pour que ça tourne suffisamment vite, j'ai vu ça dans un documentaire, dit Christine.

— Bon alors essayons avec les silex, dit Grégoire.

Au bout de quelques minutes à chercher à quatre pattes dans la grotte, ils trouvèrent des pierres susceptibles de créer des étincelles.

— Alors je viens de demander à l'IA et il faut *percuter un sulfure de fer comme la marcassite à l'aide d'une pierre dure, silex, quartz ou granite. Les particules du sulfure de fer s'oxydent immédiatement dans l'air, une réaction exothermique…*

— TA GUEULE ! Vous nous faites chier avec votre IA de merde ! hurla Marika.

Vexé, Sylvain se leva et sortit de la grotte, pendant que les naufragés essayaient désespérément de faire du feu en frappant des cailloux à tour de rôle.

Il marcha en direction de la forêt et bouda, assis sur une souche. Sylvain aperçut des baies blanches, justes au-dessus de lui. Il cueillit une branche, prit en photo les fruits et transmit l'image à son intelligence artificielle.

Viscum album, aussi appelé gui, gui blanc ou gui des feuillus est une plante longtemps utilisée en médecine pour ses vertus. Les baies sont comestibles, les oiseaux en raffolent.

Les moules n'avaient pas rassasié Sylvain, il avala toutes les baies de gui à sa portée, heureux d'être le seul à avoir eu un dessert.

Il se leva pour retourner dans la grotte, mais une violente douleur le piqua dans la poitrine.

Sylvain s'effondra.

Il eut juste le temps de lire le dernier message de l'intelligence artificielle.

Veuillez m'excuser, j'ai fait une erreur, les baies sont très toxiques et peuvent provoquer un arrêt cardiaque chez l'être humain.

7

— Il faut qu'on quitte cette île avant de tous y passer, dit Marika, rompant le silence pesant dans la grotte.

Les naufragés n'avaient pas réussi à faire du feu la veille, ils avaient dormi à même la roche, blottis les uns contre les autres dans le froid et l'humidité. Au petit matin, ils s'étaient précipités pour boire la rosée sur les feuilles des plantes de la forêt.

Ils avaient découvert avec horreur le corps de Sylvain et c'était le moral au plus bas qu'ils dégustaient encore des moules pour leur petit déjeuner.

— Oui, c'était sympa ce voyage, mais il faut que je rentre, dit Augustin, mes salariés glandent si je ne les surveille pas.

— Vous avez vu quelque chose en explorant l'île ? demanda Grégoire.

— Il y a un plateau assez haut sur le flanc du volcan où on pourrait construire quelque chose pour attirer l'attention d'un navire, je pensais ériger une croix, répondit Thibaut.

— Une croix ? Vous pensez que… enfin, je veux dire… ce sera visible depuis la mer ? Et… les gens, ils… comprendront ? demanda Emile.

— Dieu la verra, dit Thibaut.

— Il vaudrait mieux écrire SOS sur le flanc de la montagne, non ? dit Christine.

Le groupe acquiesça, sauf Augustin.

— Et vous allez attendre qu'un bateau daigne passer par cette île perdue ? Il faut construire un radeau ! dit-il.

— Vous savez faire ça vous ? demanda Grégoire.

— Il n'y a rien de sorcier, il faut des rondins de bois, des lianes pour les maintenir ensemble, une paire de rames et le tour est joué ! dit Augustin.

— Mais vous savez dans quelle direction aller ? demanda Grégoire

— Heu… oui, il faut suivre les étoiles, la grande ourse ou la petite ourse, ça dépend où on veut aller… dit Augustin, je suis sûr que Christine a vu un documentaire là-dessus et saura nous guider.

— Non, mais je sais que ça ne sert à rien si on a aucune idée de notre position. Il faut calculer la latitude et la longitude de cette île, répondit-elle.

— Ah bon ? demanda Marika.

— Absolument, c'est ce que font les aventuriers de l'Île Mystérieuse de Jules Verne, par contre je ne sais pas comment faire, je n'ai jamais compris ce passage du roman, admit Christine.

— Vous ne servez donc à rien, dit Augustin, tant pis, mieux vaut essayer de partir que de rester crever ici, il se tourna vers Thibaut qui s'apprêtait à prendre la parole, et vous si c'est pour dire que Dieu nous guidera vous feriez mieux de la fermer !

— Non, j'allais dire que vous êtes un sacré connard, si vous étiez un de mes salariés, je vous aurais bien calmé, répondit Thibaut.

Augustin se leva.

— Ceux qui veulent construire un radeau et quitter cette île au plus vite sont les bienvenus, lança-t-il à l'assemblée.

Grégoire et Emile le rejoignirent. Christine se tourna vers Thibaut.

— Montrez-nous ce plateau, nous verrons bien ce qu'on peut y faire. On trouvera peut-être de quoi manger ou rendre cet endroit plus confortable en chemin.

8

— Mais non enfin ! Faites un effort bon sang et trouvez de vrais rondins ! hurlait Augustin.

— Si vous croyez que c'est facile ! Je ne sais pas où en trouver… enfin si… mais sans outil… répondit Émile.

— Et vous Augustin ? Que faites-vous ? demanda Grégoire, assis sur le sable en train de tresser des lianes pour faire des cordes.

— Je supervise. Écoutez, dans chaque bateau, il faut un capitaine qui dirige, sinon ça ne peut pas fonctionner.

— Vous semblez plutôt brasser de l'air, dit Grégoire.

— Venez donc m'aider à trouver du bois et à le ramener, il va en falloir beaucoup pour faire un gros radeau… ou plusieurs… enfin je ne sais pas… on est six, dit Emile.

— D'autant qu'il faudra trouver un moyen d'emmener des provisions, dit Grégoire.

Augustin hocha la tête et se résout à accompagner Emile dans la forêt. Ils marchèrent un bon moment à la recherche de branches tombées sur le sol.

— Vous voyez, ce n'est pas si facile. Le bois est soit trop petit, soit trop gros pour être transporté à la main, dit Emile. Et sans outil, on ne peut pas en couper, enfin… je ne crois pas.

— Ok, commençons par cibler le bois qu'il nous faut, dit Augustin.

— Vous vous y connaissez en arbres ?

— Oui, il y a les petits arbres, les grands arbres et les arbres qu'il nous faut, répondit Augustin tout sourire.

Emile ne réagit pas, il examinait les alentours.

— On arrivera pas à couper les troncs, enfin… Il nous faudrait fabriquer une hache, mais… je ne suis pas sûr qu'on puisse…

Il repéra des branches assez basses, d'un diamètre intéressant.

— Là, on devrait pouvoir attraper ces branches en sautant. Elles ne sont pas trop grosses, je pense qu'elles cèderont sous notre poids, enfin… Emile regarda Augustin. Les deux hommes étaient petits, mais son compagnon avait une jolie bedaine. Oui, on devrait pouvoir les casser, ça vous irait pour le radeau ?

— Ma foi, je ne vais pas faire mon difficile, ça devrait suffire.

Emile visa une branche et s'élança en s'appuyant sur le tronc. Il réussit à s'y accrocher et elle se plia. Augustin attrapa lui aussi la branche et ils la secouèrent ensemble. Il leur fallut un peu de temps, mais ils arrivèrent à craquer le bois et faire tomber la première pièce de leur radeau.

Au bout de quelques branches, ils parvinrent à mettre au point une méthode assez efficace pour les faire tomber en dirigeant le bois d'un côté, puis de l'autre. Ils purent ainsi casser les branches seuls, chacun dans leur coin et le bois s'empilait petit à petit.

— Allez, encore une dernière et je pense qu'on aura déjà de quoi commencer notre radeau, dit Augustin avec enthousiasme.

Emile ne répondit pas, il était déjà en train de se battre avec une belle branche un peu plus grosse que les autres.

Augustin l'observait, son partenaire avait généralement du mal à se décider, mais lorsqu'il avait enfin fait un choix, il semblait plutôt têtu.

— Vous êtes aussi acharné au boulot ?

— Absolument. Je ne compte pas mes heures, jamais, sinon le travail ne se fait pas, dit Emile, sans lâcher la branche.

— Ah vous aussi vous avez du mal à déléguer, m'enfin chez moi le travail est fait, mais mal, donc je suis toujours obligé de tout refaire moi-même. Et plus je le dis à mes salariés, plus ils font n'importe quoi, se plaignit Augustin.

— C'est justement pour ça que je ne leur dis pas. Après ils sont démotivés ou ça part en conflit, donc je fais le job.

— Vous devriez leur dire, c'est pas normal que des employés vous maltraitent comme ça. Il faut leur montrer de temps en temps qui commande.

— Parfois ils ont raison… enfin je crois…

— Même s'ils ont des bonnes idées, ou pensent en avoir, il faut quand même les recadrer, sinon ils vous boufferont. Vous verriez les miens quand je rentre dans le bureau, y en a pas un qui bouge.

— Ça ne me plairait pas, déjà, quand il y en a un qui fait la tête, je me demande toujours ce que j'ai fait de mal, enfin… j'essaie de me remettre en question quoi… mais je ne sais jamais vraiment ce qu'il faut faire.

— Quelle idée ! On leur donne un travail, ils devraient nous remercier tous les jours ces ingrats !

— J'ai surtout des stagiaires de Pôle Emploi et des saisonniers dans mes effectifs. Après je donne ce que je peux et j'essaie d'éviter les conflits, mais... j'ai l'impression qu'ils n'aiment pas ma façon de manager.

— Un salarié, c'est un râleur par définition, vous êtes le capitaine de votre navire, c'est à vous de décider et tant pis pour ceux qui ne sont pas d'accord, ils n'ont qu'à débarquer, dit Augustin.

— Vous en avez beaucoup qui vous quittent ?

— Oh, ça arrive par vagues, je dirais cinq par an en moyenne. Une fois j'en ai dégagé trois d'un coup en leur proposant des ruptures conventionnelles, ils les ont aussitôt signées !

— Mais, vous êtes combien dans votre entreprise ?

— En ce moment on est dix, ça bouge pas mal, on monte à douze ou treize quand on prend des stagiaires.

— Ah quand même ! Vous renouvelez souvent vos effectifs alors.

— Oui, mais… attention !

Ce ne fut pas la branche, mais le tronc qui craqua. L'imposant arbre entama une lente chute en direction d'Emile.

— Barrez-vous, vite ! cria Augustin.

— C'est que… je ne sais pas où… peut-être que…

Emile hésitait, devait-il fuir par la droite ou par la gauche ? L'arbre avait de nombreuses branches et un épais feuillage, aucun côté ne semblait sûr.

— Mais cassez-vous abruti ! hurla Augustin.

Emile ne bougea pas, paralysé par l'indécision. Il regarda l'arbre lui tomber dessus et leva juste les mains avant de se prendre le tronc sur le crâne.

9

Grégoire fut l'un des premiers à sortir de la grotte le lendemain matin. Ils n'avaient toujours pas réussi à faire de feu, malgré des heures à frapper toutes sortes de pierres entre elles. C'était donc crus qu'ils avaient dégusté les quelques crabes attrapés autour des rochers, dans le plus grand des silences.

Cette seconde nuit fut aussi courte que la première. L'estomac de Grégoire n'avait pas beaucoup apprécié le dîner et il avait été pris de violentes crampes au petit matin.

Il fit quelques pas dans le sable frais et admira les premières lueurs du jour. Grégoire hésita à marcher dans l'eau, mais le souvenir de Valentin lui revint et il n'osa pas même toucher l'écume du bout de ses orteils. Des dix naufragés, ils n'étaient plus que cinq. Une hécatombe qui lui rappelait que chaque moment passé dans ce piège paradisiaque pouvait être le dernier.

Il ouvrit les bras, ferma les yeux et prit une grande inspiration face à l'océan. Grégoire avait beau vivre sur la Côte d'Azur, il ne profitait pas assez de la mer. Il passait ses journées enfermé dans son petit bureau à côté de son parc de jeux, ne sortant que de temps à autre pour vérifier l'affluence. Les jours de pluie étaient ses préférés. La salle atteignait sa capacité d'accueil maximale dès l'ouverture et ne se désemplissait que le soir, à l'heure de la fermeture. Les anniversaires s'enchaînaient les uns après les autres et l'argent s'accumulait dans la caisse du parc.

Il ouvrit les yeux et fixa l'horizon. Une forme attira son attention. Grégoire se concentra, elle semblait se rapprocher.

— Un bateau ! Réveillez-vous ! Je vois une voile au large !

Les quatre autres naufragés ne tardèrent pas à le rejoindre. Grégoire sautait et faisait de grands gestes en criant en direction du navire. Tous l'imitèrent.

— Vous voyez que c'était une bonne idée la croix ! Le seigneur vient à notre secours ! s'enthousiasma Thibaut.

Marika et Christine avaient d'abord essayé de graver un SOS géant dans la roche, sur le flanc de la montagne, sans succès. Elles disposèrent alors des branches pour former le mot sur la paroi, mais le résultat n'était pas visible.

Finalement la croix fut le meilleur choix, même si les lianes utilisées pour maintenir le bois s'étaient détendues et que la structure formait désormais davantage un Y qu'autre chose.

La voile approchait, il n'y avait plus aucun doute possible, c'était bien un bateau. Les naufragés redoublèrent leurs appels, mais l'embarcation n'avançait plus.

— Il s'est arrêté là, non ? demanda Christine.

— On dirait bien oui, il a dû jeter l'ancre, dit Augustin.

— Pourquoi s'arrête-t-il s'il nous a vus ? demanda Thibaut.

— Parce qu'il ne nous a pas vus, justement, répondit Grégoire.

— Ah non, hors de question qu'il reparte sans nous ! dit Marika en attachant ses longs cheveux blonds et en entrant dans la mer.

— Que faites-vous ? demanda Christine, vous n'allez pas le rejoindre à la nage, c'est beaucoup trop loin !

— Je suis Bulgare, rien ne m'effraie, répondit-elle en plongeant dans l'eau.

La jeune femme ne craignait en effet pas grand-chose, encore moins les responsabilités. Une volonté à toute épreuve qui lui avait valu une nomination rapide à la tête du service publicité de son agence.

Marika utilisait son charme et sa ruse pour assouvir sa soif d'ambition. Quand elle souriait, elle semblait amicale et bienveillante, mais elle n'hésitait jamais à poignarder ses rivaux dans leurs dos si elle en avait l'occasion. Elle aimait cette image de femme fatale qui nageait au milieu des requins du monde de la publicité. Marika n'attendait pas qu'un homme daigne lui donner ce qu'elle voulait. C'était une conquérante qui ne reculait jamais devant un défi. Elle ne demandait pas, elle prenait ce qu'elle estimait mériter.

Les vagues ne purent ralentir son corps athlétique très longtemps et elle fut bientôt à mi-chemin du voilier. Marika se sentait bien, son allure était rapide et elle avait encore de la réserve. Elle avait la force d'aller jusqu'au bateau et plus elle se rapprochait, plus elle était déterminée à l'atteindre avant qu'il ne reparte.

Elle souriait sous l'eau, elle allait réussir cet exploit. Comme toujours Marika serait la meilleure, elle allait se surpasser et vaincre les pronostics. Il ne lui restait que quelques centaines de mètres pour atteindre le navire, quand elle vit une forme sortir de l'eau, devant elle.

Un aileron.

La nageuse réduisit sa cadence, espérant que l'animal marin poursuive sa route et qu'elle puisse reprendre la sienne.

L'aileron se dirigea vers elle.

Que faire ? À cette distance, elle ne savait pas s'il s'agissait d'un requin ou d'un dauphin. Elle hésitait, devait-elle regagner la plage ?

L'aileron semblait accélérer.

Marika reprit sa nage vers le voilier, doucement. Elle devait passer, elle allait passer. Elle n'était pas n'importe qui, elle valait mieux que les autres. Marika ne pouvait pas mourir dans ces eaux, ni sur cette île, c'était indigne d'elle.

L'aileron plongea.

Marika s'arrêta, mit la tête sous l'eau pour tenter de repérer l'animal. Une énorme masse surgit de la pénombre et passa sous elle. Elle n'avait plus aucun doute, c'était un requin.

Elle paniqua et poursuivit sa nage vers le voilier. Elle n'osait pas regarder derrière elle, malgré la peur de ne plus voir le prédateur.

Elle hurla.

L'animal venait de la mordre au-dessus de la cheville. Marika reprit sa nage, mais ses mouvements étaient bien moins coordonnés. Elle criait, tentait d'appeler le voilier à l'aide, une bonne distance la séparait encore de l'embarcation.

Deux autres ailerons apparurent et se dirigèrent vers elle, attirés par l'odeur du sang.

— Je pense que ce sont des requins tigres, j'ai vu un documentaire sur eux, la pauvre, elle n'a aucune chance, dit Christine depuis la plage.

Les naufragés virent les ailerons tournoyer, puis, après quelques remous à la surface, l'eau retrouva son calme.

Au loin, le bateau hissa sa voile et reprit sa route.

— Vous voyez, ils en ont rien à foutre de votre croix de merde, s'emporta Augustin.

Ils observèrent le navire disparaître lentement derrière l'horizon, sans vraiment savoir quel spectacle les horrifiait le plus, le départ du voilier ou le repas des requins.

Les naufragés passèrent la journée à travailler sur leur radeau, presque dans le silence. Ils étaient découragés, fatigués, affamés et tous éprouvaient le besoin de s'occuper l'esprit.

Ils assemblaient les branches avec les lianes tressées, les plus grosses dessous, les plus fines pour combler les trous. Les rescapés travaillaient vite et ils redoublèrent d'efforts lorsqu'ils virent d'épais nuages noirs se diriger vers l'île en milieu d'après-midi.

Le vent se leva peu à peu et les survivants se préparèrent pour la tempête. Ils trainèrent leur radeau avec eux dans la grotte et attendirent.

Les rafales s'engouffraient par l'ouverture et ils durent se blottir contre la roche pour éviter la pluie. L'orage vint droit sur eux, le sol tremblait à chaque coup de tonnerre.

Ils virent un éclair s'abattre au loin sur la croix de bois qu'ils avaient érigée sur le plateau.

— Non !

Thibaut se précipita hors de la grotte.

— Mais vous êtes fou ! Revenez ! hurla Christine.

Le jeune homme avait déjà rejoint la forêt, avant que Grégoire ne puisse lui barrer la route. Il le cherchait des yeux dans l'obscurité quand la foudre éclaira la plage. Grégoire vit le canot pneumatique, qu'ils avaient perdus à leur arrivée, à quelques mètres du rivage. Sans prévenir, il courut sur le sable.

— Grégoire ! Mais enfin qu'est-ce qu'ils ont tous à courir sous l'orage ? demanda Christine qui préférait rester à côté d'Augustin, recroquevillé sur lui-même au fond de la grotte.

Grégoire n'avait pas rêvé, c'était bien le canot qu'ils utilisèrent lors du crash. L'embarcation de secours les avait déjà sauvés d'une tempête et semblait en bon état. Le canot serait bien plus fiable que leur radeau de fortune pour quitter cette île.

La houle était forte. Grégoire hésita à mettre les pieds dans l'eau, il pensa encore à Valentin et Marika, mais les chances que des poissons venimeux ou des requins soient encore dans les parages par ce temps étaient minces. Une vague rapprocha le canot de la plage, Grégoire se précipita.

Il tomba, se releva, puis sauta de tout son long pour attraper le bateau pneumatique, avant que la mer ne l'emporte à nouveau.

Grégoire effleura le caoutchouc du bout des doigts et retomba dans l'eau. La vague se retira, emmenant avec elle le canot. Il sentit quelque chose dans la paume de sa main et par réflexe, la referma.

C'était une sangle de l'embarcation de sauvetage.

Grégoire se releva, le canot ne bougeait plus. Le jeune homme cria de joie et fit demi-tour pour tirer le bateau vers la plage. Il était en parfait état et pourrait facilement transporter les cinq survivants restants.

Il regagna le sable et tira de ses deux mains le canot trempé.

— Aaaaaaaaaaaaaaaaaaaaaaaaaaaah !

Grégoire leva les yeux et vit une immense vague s'abattre sur lui.

Alertée par le cri, Christine s'approcha de l'entrée de la grotte.

Sur la plage, il n'y avait rien, ni personne.

Thibaut essayait de se frayer un chemin dans la végétation. Aveuglé par le vent et la pluie, il trébuchait régulièrement sur des racines et arriva tout écorché au pied de la montagne.

Le jeune homme entreprit l'ascension sans hésiter. Il ne craignait ni l'orage, ni les éboulis de pierres autour de lui, sa bonne étoile veillait sur lui.

Pour lui, ce n'était pas la mode du bien-être et du do it yourself qui avait fait le succès de son entreprise. Thibaut réussissait parce qu'il était un élu de Dieu.

C'était le karma, comme il aimait le clamer au plus grand nombre. Thibaut était convaincu que sa foi le protégeait, qu'il était récompensé pour sa piété et qu'il était juste que ses foudres s'abattent sur ceux qui ne partageaient pas ses convictions.

Jeune et plein aux as, il s'offrait un train de vie luxueux et dirigeait son entreprise d'une main ferme. Thibaut s'entourait de consultants externes qui exécutaient ses ordres sans broncher et il était imperméable aux plaintes de ses salariés sur la mauvaise ambiance régnant dans son entreprise.

Thibaut vivait les désaccords et les démissions comme des affronts personnels, il ne supportait pas que l'on puisse contredire sa parole divine.

Ses sbires et lui utilisaient l'intimidation pour dissuader ses employés, actuels et anciens, de se mutiner, de critiquer la gestion de son entreprise en ligne ou d'entamer des poursuites judiciaires contre lui. Un management de la terreur et de la représaille assumé et organisé avec ses conseillers et quelques salariés complices.

Thibaut était convaincu de faire partie des justes et c'est avec cette assurance qu'il gravit le flanc rocheux jusqu'au plateau où il avait érigé la croix en bois.

La pluie terminait d'éteindre quelques flammes sur la structure, totalement détruite. Thibaut s'avança péniblement contre le vent et tomba à genoux. Il ouvrit les bras et leva la tête vers le ciel noir.

— Notre Père, qui êtes aux cieux, que ton…

Exceptionnellement, la foudre tomba une deuxième fois au même endroit.

12

— Bon et bien nous y voilà, nous ne sommes plus que deux, dit Augustin au petit matin.

— Vous ne vous arrêtez jamais, vous êtes vraiment détestable en toute situation, répondit Christine.

Une nouvelle fois, le soleil avait chassé la tempête. Le ciel était bleu, sans nuages et la mer avait retrouvé sa teinte paradisiaque. Seules des branches cassées sur la plage témoignaient encore du passage de l'ouragan.

Aucun signe des deux jeunes hommes partis braver la météo. Augustin et Christine savaient qu'ils n'en avaient pas rechapé ou du moins, ils étaient trop égoïstes pour partir à leur recherche.

Au moins, la tempête avait fait tomber des bananes par terre et certains fruits n'étaient pas trop abîmés. Ils purent manger et boire l'eau de pluie retenue sur des feuilles ou dans les aspérités des rochers. Les derniers naufragés trouvèrent aussi des ananas, qu'ils ouvrirent et vidèrent à la main pour stocker de l'eau. Ils se constituèrent autant de gourdes que possible et les conservèrent au frais dans la grotte.

Christine et Augustin sortirent ensuite le radeau et le positionnèrent sur le sable de la plage.

— Vous êtes sûr que ce machin va flotter ? demanda Christine.

— Absolument, il faut juste le renforcer encore un peu, dit Augustin.

— Et vous savez dans quelle direction aller ? Vous n'avez pas peur qu'on se perde en mer ?

— Ecoutez, Christine, si on reste ici, on va y passer, c'est certain. Je préfère tenter ma chance, il parait qu'elle sourit aux audacieux.

— Elle n'a pas beaucoup souri à nos compagnons !

— Elle nous sourira, faites-moi confiance.

— Bon et qu'est-ce que je peux faire alors ?

— On risque de naviguer de nuit, alors vous pourriez peut-être aller chercher des feuilles de bananier pour nous faire des couvertures et tapisser le plancher du radeau ?

Christine acquiesça et entra dans la forêt. Les bananiers étaient à quelques minutes de marche, ce n'était pas une tâche trop fatigante, donc parfaite pour elle.

Les missions opérationnelles n'avaient jamais été son fort. Elle préférait les déléguer à des stagiaires pour s'occuper du relationnel avec ses clients et ses partenaires. Christine passait ses journées en déplacement à boire des cafés chez ses connaissances pour parler culture et cinéma. Elle soufflait dès qu'un de ses sous-fifres l'appelait à l'aide et son mépris leur passait souvent l'envie de la solliciter à nouveau.

Pendant le salon annuel organisé par son association, elle chargeait ses stagiaires d'assurer la logistique et le bon déroulement de l'événement. Christine passait alors son temps à visionner des documentaires et à participer aux cocktails de soirée.

Grâce à son carnet d'adresses bien rempli de producteurs internationaux, personne n'osait la mettre face à ses responsabilités au sein de l'organisation. Christine était indépendante et son contrat était automatiquement renouvelé chaque année.

On la laissait faire ce qu'elle voulait, puisque ses prestigieux amis revenaient participer au salon.

Elle eut bien du mal à trouver des feuilles intactes ou presque dans la forêt, mais après une trentaine de minutes, elle put retourner à la plage.

Christine vit Augustin, sur le radeau, au milieu de l'eau, ramant vers le large.

— Hé ! Qu'est-ce que vous faites ? hurla-t-elle.

Augustin tourna la tête et reprit sa route en ramant plus vite pour s'éloigner du rivage.

— CONNARD !

Christine le regarda partir lentement, puis retourna dans la grotte. Sans surprise, Augustin avait emporté toutes les gourdes ananas et les bananes qu'ils avaient stockés.

13

Augustin s'allongea sur son radeau et sentit l'eau froide sur sa peau brûlée. Il avait ramé toute la journée, sous un soleil de plomb, sans savoir s'il avançait véritablement. Autour de lui, l'océan, à perte de vue. Il ne savait plus dans quelle direction se trouvait l'île et il se laissait dériver vers l'inconnu. Il avait renversé la plupart de ses gourdes et n'avait plus ni eau ni nourriture.

Il était seul, mais peu lui importait. Il n'avait jamais aimé les gens, comme il le disait souvent. Augustin ne savait pas communiquer avec les autres, du moins pas sans rapport de forces. Toutes les conversations avec ses employés finissaient en dispute. Augustin utilisait un ton infantilisant et humiliait son interlocuteur jusqu'à ce qu'il capitule et se résigne à mettre fin au débat. En tant que capitaine de son entreprise, il était inconcevable pour lui de ne pas avoir le dernier mot, quel que soit le sujet abordé, même le plus insignifiant. Après tout, ce n'était pas sa faute si les autres étaient des incapables et si personne ne comprenait son humour, surtout les femmes.

On le traitait de beauf, de misogyne et de ringard avec son style vestimentaire dénué de goût, mais il s'en fichait. Il était le patron, personne ne pouvait l'empêcher de parler sans retenue. Il s'était, un jour, séparé d'une community manager qui avait voulu censurer une de ses blagues sexistes sur les réseaux sociaux, postée avec le compte de l'entreprise.

Augustin avait alors piqué l'une de ses pires colères et avait hurlé sur tous les salariés pour leur donner une leçon.

Il n'avait besoin de personne pour mener à bien son entreprise, pas même de son père, sans qui sa boîte n'existerait pas. Augustin n'avait pas réussi à suivre ses pas en devenant lui-même médecin, contrairement à sa sœur.

Une frustration permanente qui le conduisait à passer ses nerfs sur ses salariés et à les rabaisser dès qu'il le pouvait.

Épuisé, seul sur son radeau, perdu dans l'océan et la nuit, il s'endormit sans sentir son corps glisser doucement dans l'eau froide.

14

Christine entreprit de faire le tour de l'île pour se changer les idées. Sans embarcation, sa meilleure chance était de survivre en attendant qu'un jour, des secours arrivent. Elle voulait trouver un meilleur abri que la grotte au bord de l'eau, une source d'eau douce et une nourriture plus variée que les moules et les bananes. Elle marchait dans la forêt pour traverser l'île et c'est en fin de matinée qu'elle sentit la première secousse.

Elle manqua de tomber et se retint à un arbre. Christine regarda en direction du volcan, mais la végétation l'empêchait d'apercevoir le cratère. Elle reprit sa route en se hâtant et quelques minutes plus tard une seconde secousse, plus forte, la fit chuter.

Des répliques de plus en plus rapprochées continuèrent de faire trembler l'île. Christine distingua une épaisse fumée noire à travers le feuillage et courut vers l'autre extrémité de l'île, jusqu'alors inexplorée.

Elle sortit enfin de la forêt et se figea.

L'explosion du cratère la fit tomber à genoux sur le sable. Elle n'osa pas se retourner, même lorsqu'elle sentit la chaleur de la forêt incendiée dans son dos. Christine ne détourna pas non plus les yeux quand la lave se rapprocha d'elle.

Elle pleurait devant le paysage qu'elle avait découvert.

Face à elle, une île bien plus grande se dressait à quelques kilomètres.

Une terre habitée.